KB005320

바람의 까닭

바람의

까닭

김노을 시집

밥북
B·OO·K

바람 속에서도 통증은 눈을 뜹니다

누군가는 바람 불어서
통증이고
누군가는 바람이 안 불어서 통증인 세상입니다.

이래저래 찢기고, 부서지고, 견디다 아예 부러지기도 하는데,
어쩌면 그 부러짐이 또 다른 시작의 신호탄이 될 수도 있겠다는
희망적인 생각을 해봅니다.

살아가는 동안 끊임없이 고민하고 갈등하면서
따뜻하고 부드러운 인간성을 가슴에 담고
보여지고 나타나는 주어진 현실에 자족하면서
미래로 나아가는 삶을 살고 싶다는 욕심을 부려보기도 했는데,
매일 새로운 통증들이
성난 사자 머리의 잔털처럼 송긋송긋 솟아나는 것 같습니다.

오늘 이 시집이 나오기까지
좋은 질량의 가르침을 제공해주신
김남권 시인님과 나작 1기부터 동행해준 최문규 초대회장님,
최바하 달무리 동인회 회장님, 윤 슬 달빛문학회 대표님,
박소름 달빛문학회 회장님, 김봄서 시인님, 이서은 시인님을 비롯한
강나루 사무국장님과 김지민 총무님을 비롯한 달빛문학회 회원들과
달무리 동인회 회원 여러분께 진심으로 감사드립니다.

시 공부를 위해 시간을 투자하겠다는 말에 (돈이 나와 떡이 나와!)
건강도 안 좋은데~, 먹고 사는 일도 벅찬데~,
안쓰러운 눈빛으로 바라보며 물심양면 아끼지 않고 끝까지 지원해준
친정 언니, 오빠들, 마음을 다해 고맙습니다.

저에게는 너무나도 소중한 이 순간을 서투른 발걸음이지만
진심을 다해 걷는 황소걸음으로 묵묵히 지켜나가겠습니다.
다시 바람이 불어온다면 그건 분명 따뜻한 숨길이 될 것입니다.

2023년 어느 여름날에
김노을

차 례

제 1 부
슬픈 도미노

제 2 부
어머니의 무릎

제 3 부
외로운 별

제 4 부

밤의 문장

제1부

슬픈 도미노

여름 앓이

어쩌면 우연이겠지
흔들리는 바람이겠지

슬며시 다가와
고뿔이란 이름을 던지고 간 너는,

이유가 생각나지 않더라
변명처럼 말이야

냉철한
해열제를 사야겠다

그리고
철들지 않는 바람 앞에서

신열을 앓아야겠다

바람의 까닭

기울어진 저울

시간의 무게를 재어본다

노을을 편안히 잠재운 너의 어둠과
노을을 잠재우지 못한
나의 어둠을 저울에 올려 본다

톱니바퀴에 맞물려 돌아가는 세상사

같은 시간
같은 하늘
같은 노을빛을 보며

시간의 무게에 검붉은 염증이 쌓인다
너와 마주한 두 어깨가 자꾸 기울어진다

재미없는 대칭놀이는
이제 그만 쉬고 싶다

저울도 늙었기에…

증명사진

"여권용이세요?
이력서용이에요?"

찰칵 찰칵 찰칵

"어머나~~
이 사람이 누구래요?"

증명사진 속에서
언니가
환하게 웃고 있다

30년 전 먼 길 떠나신 엄마의 얼굴도
증명사진 속에서
언니의 얼굴과 함께
오버랩되어 있었다

낯선 기억인 듯
낯익은 모습인 듯
증명사진 속에서
발견한 언니의 얼굴
엄마의 얼굴
외할머니의 얼굴

먼 훗날
나의 아들딸도
증명사진 속에서
나와 이모들 얼굴을 추억해 낼 수 있을까

슬픈 도미노

전기료가 또 오른다고 한다

가스비
기름값 교통비도 오를 것이다

서민들에게는 인두세도 모자라
마시는 공기에도 세금을 매길 기세지만
부자들은 법인세를 깎아주면서 선심을 쓴다

컵라면 삼각 김밥
설탕 소금 생수도 오른다고 한다

돈 없고 배고픈 서러움은 무엇으로 달랠까!

인건비 줄이려고
AI가 대신하는 세상
놀부 마누라의 밥주걱에 붙은
밥알도 뺏어 먹는 세상이라니

낮고 낮은 곳에서
연하고 순하게 살아가는 사람들이
차례로 쓰러지지 않도록

가난한 마음들이
서로의 마지막을 지켜주어야 하지 않겠는가

지금이 가장 좋을 때

메리 크리스마스!
즐거운 성탄절, 나만의 글을 발표해야 하는
'나도 작가' 1기 수업이 있는 날이다
오늘은 우리 12명의 나작 식구들이 1박 2일로
종강여행 겸 원정수업을 하기로 약속한 날이다
한 달 전부터 이날의 여행에 대한 공지가 있었지만,
난 무에 그리 바쁜지
여전히 시간에 쫓겨 급히 숙제를 해가곤 했다
나, 원, 참.

이런 나 자신이 참으로 한심하고 부끄럽다
항상 바쁘다 보니.
펜을 잡을 수 없는 상황에서만 그럴싸한 영감이
스크린이 되어 휙휙 지나갔다
무엇에 쫓겨 그리 바빴는지 모르겠다

바람의 까닭

그동안 삶을 살아오는 동안
그때가 참 좋은 때였다는 것을 뒤늦게 후회한다
과거에 미련을 두는 나의 어리석음을 깨닫자
또다시 스스로를 책망한다

그래도 매사에 성심성의껏 매달려 최선을 다해 본다
오늘도 나작 모임에 가기 위해 원주 남부시장에서,
장떡이 제일 맛있다고 하는 부침 가게에 들렀다
하루 전에 주문해놓았던 메밀부침과 장떡을 찾아놓고는
영월 원정수업 장소에 함께 가기로 한 희선 쌤을 기다려 본다

요즘 내 삶을 가만히 돌이켜 보면,
스스로에게 상을 주고 싶은 마음이 들기도 한다
수많은 갈등과 시련을 견뎌 오면서,
곰처럼 미련스러우리 만치 고난을 감내하며
잘 살아와 준 내가 고맙다

그렇게 삶에 감사하며 인내한 결과일까?
한 분 한 분 멋쟁이들 모임인 나작 식구들을 만나고,
가슴속 한도 풀어낼 수 있는 글쓰기 공부도 할 수 있게 되었다
게다가 1박 2일의 여행까지 덤으로 선물 받은 기분이다

큰 산처럼 너그러움으로 많은 걸 내어주시며
지도해주시는 김남권 교수님과,
항상 격려와 응원으로 힘을 보태주시는 나작 식구들께
이 글을 빌려 진심으로 감사의 인사를 하고 싶다
그리고 다가오는 새해에는 스스로에게 더욱 따뜻하고
깊이 있는 깨달음과 절실함을 선물하여 당당하고
희망찬 나를 세우는 소중한 시간들로 채워가고 싶다

바람의 까닭

보고 싶은 어머니

성급한 11월 한파가 찬 공기를 몰고 와
마디마디 시리고 시린 서러움 한 움큼 안겨줍니다
어머니, 보고 싶습니다

1970년대,
예닐곱 막내딸 어리광 벗 삼아,
굽이굽이 서러운 세월 속에
자식들을 홀로 키우셨던 어머니

꼬막이랑 바지락 캐고
새우랑 게도 잡고
감태랑 파래 메서
고무 다라 가득 머리에 이고
20리 길을 오로지 자식들 배곯지 않게 하시려고,

어머니, 당신 뼈 마디마디마다
인고의 눈물로 마름질하셨었지요!

그렇게 덧없는 사랑 넘치게 주셨는데,
저는 어머니께 해 드린 게 하나도 없습니다
스물이 훨씬 넘은 막내딸이었건만
철없음에 어머니 마지막 가시던 길도
손잡아 드리지 못하고
사랑한다는 한마디 못 해 드린 채
그리도 무심하게 당신을 보내드렸습니다

올해 제 나이 쉰하나
어머니 손을 잡고
초등학교 입학식에 갔었던 나이도 쉰한 살

"어머 선희는 할머니랑 입학식 왔구나!"
그때, 새침데기처럼 깔끔했던 아가씨 담임선생님이
참 서운했었어요
나는 그냥 이 세상에서
우리 엄마가 최고로 멋지고 예뻤는데…

바람의 까닭

유난히 바쁘고 힘들었던
한 해를 보내면서
훌쩍 커버린 당신 외손녀, 외손자를
자랑하고 싶네요

돌아가시기 사흘 전
언니 오빠들 하나 둘 모두
마음으로 짚어주시고
심중을 토해내듯

마지막으로 우리 막둥이
좋은 곳에 시집보내라고
걱정하신 어머니
지금도 그때 어머니 얼굴이 가물거리네요
어머니 보고 싶어요

거기가 어디에요?

어스름 무렵 초가집 굴뚝 연기처럼
애잔한 그리움으로 눈물 나게 하는 그곳,
코흘리개 까망 고무신 닳을라!
하굣길 책보자기 허리춤에서
양은 도시락은 떨그럭 떨그럭

밭둑길 지나, 제방을 따라.
황톳길 신작로 지나 학교까지는 아직 멀기만 한데
태극기가 펄럭이는 게양대가 눈에 보일 때까지
코흘리개 10리길 멀기만 하여라

태백 줄기 내리고 치악산 자락 이어가면
남으로 남으로, 내 고향에 닿을까
물설고 낯선 천리 길이라 했던가
인생 반 백년을 보내고서야 고향의 산언덕이
가슴에 사무친다
눈 뜨면 바다가 보이던 그곳,
이제야 내 어머니 젖무덤 닮은 그곳 향해 달려간다

바람의 까닭

내 어릴 적 '엄마 손은 약손'
따스한 젖내 나는 그리움을 어디 가면 만날 수 있으랴
풀 섶 헤치고 어린 계집애가 걷던 밭둑길, 뚝방길, 신작로
국기 게양대가 보이는 초등학교는 세월이 모두 데려갔을까

내 어릴 적 놀던 들판에는 송사리, 메뚜기, 잠자리, 소금쟁이
짱뚱어와 함께 뛰놀던 갯벌은 어디로 갔을까?
어린 계집애의 보물 같은 시간들을 데려간 그곳은 어디에 있
을까?

철 들지 마라, 아가야

철 들지 마라 나의 아가야
석류를 닮아 알알이 철 들어 버린 너
제발 철 들지 마라

너의 아픈 성장통이 마중물 되어
오래전 에미의 아팠던 기억들이 성큼 일어선다

아가야
이젠 철 들지 마라
이 세상 저무는 날엔
아이들이 쌓고 놀았던 소꿉장난 모래성들
어둠 속으로 다 스러져 갈 것인데

아가야
철 들지 마라
그저 너는 나의 귀여운 아가란다
세상 그 무엇도 대신할 수 없는
나의 소중한 보물이란다
사랑한다, 나의 아가야!

옹이

어쩌다 하늘 높고 푸르른 날

12개의 옹이가 모여 노래를 한데요

여리고 가냘픈 새순 같은 옹이 은서 쌤

귀티가 철철 넘치는 개구쟁이 왕자 옹이 문규 쌤

총명하고 단정한 공주 옹이 승연 쌤

어여뻐라 애교 살살 귀염둥이 옹이 희정 쌤

크고 듬직한 장군 옹이 남권 쌤

모진 풍파 모두 이겨내셨나 강직 옹이 명자 쌤

비움으로 익어가는 대나무 닮은 옹이 현정 쌤

오솔솔솔 아름다운 향기 소나무 옹이 희선 쌤

넓은 태평양 닮은 바다 옹이 미희 쌤

높고 푸른 하늘호수 닮은 하늘 옹이 인진 쌤

오순도순 흘러가는 계곡 닮은 시냇물 옹이 정원 쌤

도시의 빌딩 숲 닮은 도시 옹이 소윤 쌤

나는 이 옹이들이 좋다

이쁘다

그리고 아주 많이 사랑하게 될 것 같다

백합꽃 나리꽃

강원도 원주의 봉화산 등산로 입구에 있는
하나로 마트 매장 안 로컬푸드점에
꽃 농장 사장님인 듯한 남자분이 나리꽃을 진열하고 있었다
사장님은 백합꽃이라 하시는데
난 '붉은 기가 도는 것이 나리꽃이잖아요!' 하며
목소리로 양념 치듯 툭 말을 내뱉고
나리꽃 세 송이를 사 들고 나왔다
거실의 진열장 위 화병에 꽃을 꽂으니,
화병 한가득 화사하게 펼쳐진 가지 따라
아직 피우지 못한 꽃봉오리가 너무나 사랑스럽다
나도 마음속으로 다시 이름을 바꾸어 불러본다 '백합꽃'
그래, 요 녀석들은 백합꽃이다

나는 나리꽃만 보면 나만의 푸르렀던 시절을 떠올리곤 한다
교통사고로 생사를 넘나들던 막내딸을 애달파하며
간호하셨던 어머니와의 추억 때문이다
몇 년의 세월이 흐른 뒤에 어머니는 췌장암으로 병석에 눕게
되었다

그래서 난 어머니의 간호를 자처하였고
항상 나는 어머니 머리맡에 활짝 웃음 짓고 있는
꽃들을 꽂아 드리곤 했었다

어머니는 북한산 자락, 약수터 가는 길목,
탐스럽게 활짝 핀 노오란 나리꽃들을 특히나 좋아하셨다
"압해도 우리 집 뒤뜰에도 나리꽃들이 지천인디"
애련한 목소리로 고향 집 이야기를 하시기도 했었다

암 덩어리가 어머니의 남은 생을 갉아먹는 동안에도
어머니는 막내딸과 나리꽃 백합꽃과 함께
2년여 동안 친구가 되었다

북한산 자락에 개나리 진달래 철쭉,
찔레 같은 봄꽃들이 너울대다가
나리꽃이 다시 활짝 피는 계절이 돌아오던 아름다운 여름에
어머니는 홀연히 용미리 산속으로 먼 길을 떠나셨다

30여 년이 훨씬 넘은 시간들이 지나고 있다
난 어머니가 보고 싶을 땐 꽃집에 가서 꽃을 산다
나리꽃 백합꽃을 주로 사는데 그 꽃들이 없는 계절에는
향기 발랄하고 소담스러운 봉오리가 도드라진 꽃들을 사곤
한다
내가 사랑하는 어머니 꽃이다

우리 그렇게 살자

가끔 하늘을 보자
마음이 너무 시려서
가슴이 무너져 내리는 날에는
하늘 호수에 풍덩 빠져
맑고 깨끗한 마음을 입어 보자

어쩌다 삶이 그리운 날에는
푸르른 나무숲으로 가자
지나가는 바람을 세워놓고
정다운 수다를 떨어보자

그래도 아픈 날에는
칙칙폭폭 완행열차를 타자
외로움을 옆에 앉히고
침묵의 언어로
지나가는 하늘과 이야기를 나누자

우리 그렇게 살자

그런 날이 있다

그런 날이 있다
마음이 복잡하여 지금 바로 해야 할
일조차도 귀찮아 하기 싫은 그런 날이 있다

그런 날이 있다
마음이 고요해서 처리해야 할 일들을
순서에 맞춰 잘 해내는 그런 날이 있다

오늘 날씨는 차분한데 내 마음은 영 아니다

보슬거리는 가랑비에도
먼저 핀 목련꽃은 서글피 떨어진다
일 년을 그렇게 기다렸는데
너무나 허망하게 지고 있다

벚꽃들의 잔치에 참석해본다
길목마다 팝콘 터지듯 활짝 함박웃음 머금은
빈 나무 가로수 길을 싱그럽게 쌩쌩 달려본다

반백을 갓 넘긴 여인 둘이서
쿵짝쿵짝 장단 맞추며 마주한다

따스한 커피 향을 자랑하면서
창가마다 뜨락마다
형형색색 즐비하게 뽐내고 있는
카페에 앉아 추억 속의
어여쁜 수다를 풀어내는
오늘은 그런 날이다

연두야

연두야
나와 삼칠일만 동거하자꾸나
너와 동거하는 동안
초록 이슬 잉태하겠지!

연두야
너와 삼칠일만 동거하자
달래도 낳고 냉이 꽃도 피우며
노랑 개나리 손잡고 진달래 꽃술도 담아보자

강남 제비 불러 모아 화전도 부쳐 먹자꾸나

연두야
들로 산으로
초록이 손잡고 뻐꾸기 노래하자꾸나
연두야 우리 삼칠일만 동거하자꾸나

시래기 선짓국

1999년 어느 봄날이다

우리 집 큰애가 6살 때부터 1년 넘는 동생 타령을 하던 무렵

이다

"엄마, 나는 왜? 언니도, 오빠도, 동생도, 형아도, 없어요?"

아파트 놀이터에서 또래들과 놀다 들어오던 어느 날,

애가 서럽게 엉엉 울며 들어와 자의 반 타의 반

뒤늦은 둘째를 임신했던 초기 무렵이다

나는 시래기 선짓국이 너무나 먹고 싶었다

평소에는 전혀 먹지 않았던 음식인데?

이상스럽다

1997년 IMF가 시작되고,

모든 기업체의 인원 감축이 시작되고 자리 이동이 있었다

우리 집도 피해갈 수 없었다

나도 남편 따라 낯선 도시로 가서

큰애와 터울 있는 둘째가 임신된 것이다

그런데 시래기 선짓국이라니,

기가 막혔다

남편은 본사 지역단을 자주 드나들어서,
시래기 선짓국 하는 식당을 지극히 잘 알 텐데도
"하필 촌스럽게 그깟 시래기 선짓국이야" 하고,
바쁜척하며 모른 척 시치미를 떼고 있었다

나 혼자서는 지리도 전혀 모르고
아직 세상이 두렵기만 한 마음 어린 새내기 주부인 터라,
선뜻 시래기 선짓국을 찾아 나서 먹지 못하고 있었다
그러다가 일주일 정도 지났을까?
큰애 그림공부 책과 내가 읽을 책을 사서 나오다가
아주대학교 앞 서점을 돌아 나오던 대학가 모퉁이
해장국집 유리창에 시래기 선짓국 메뉴를 발견했다
나는 그날부터 임신 안정기를 지나 7개월 정도까지
그 집의 시래기 선짓국을 물리도록 먹었었다

오늘 우연히 라디오를 듣고 있었는데
진행자가 국밥에 얽힌 사연들을 이야기했다
나도 오래전 그 입덧 탓에 시래기 국밥을 실컷 먹고 태어난
우리 집 둘째 아들이 올해 대학을 갔다

바람의 까닭

축구 하는 걸 너무 좋아해서 축구선수가 로망이었는데
'학생은 공부가 제일 쉬운 거란다'
공부하라고 달래고 달래서 대학을 가긴 갔다
체육교육과로 진학했다
그 아들은 "나는 운동하는 게 너무 좋아서 체육 선생님 할 거야
"체육 선생님 하면 하고 싶은 운동 실컷 하고 돈도 벌고,
평생 직업이라 너무 좋을 거야"라고 한다

한창 마음이 혼란스러웠을 격동의 청소년 시기
운동이 좋아서 체육 쌤의 꿈을 키우며 그 과정을 밟을 수 있게,
힘들지만 당당하게 체육교육과에 합격해준 멋진 아들이다
그 녀석, 엄마 배 속에 있을 때
이 엄마가 시래기 선짓국을 그리 먹고 싶어 했던 걸
아직은 이해 못 할 것이다
조만간 아들이 사 주는 '시래기 선짓국' 먹으러 갈 날을
고대해 본다

마성터널엔 귀신이 산다

2018년 3월 10일 토요일
오랜만에 안산 사는 셋째 언니네 인사도 드릴 겸
올해 인천으로 대학 진학을 한 아들 녀석을 뒷자리에 태웠다
언제나 그랬듯이 카센터에 들러 자동차 엔진 점검을 마치고
고속도로에 진입하기 전 차량 시스템 점검을 한 다음
마지막으로 내비게이션 목적지 설정까지 완료하고 운전석에
앉았다

휴대전화는 무음으로 돌려놓고 물 한 모금 마셨다
침이 말라 기침이 나올까 봐 껌까지 씹으며 긴장을 풀었다
그리고 의자 높이의 룸미러 점검과 백미러 점검까지 꼼꼼하게
하고
고속도로 통행카드에 비상금까지 완벽하게 살폈다
뒷자리에 태운 아들 녀석까지 안전벨트를 채우게 하고
드디어 출발!

그렇게 안전하게 고속도로를 질주하던 중
마성터널 가까운 입구쯤일까?
돌발 상황이 발생했다

바람의 까닭

급브레이크를 밟고 비상등을 켜고 ABS가 작동돼서
다행히 앞차와의 추돌을 면하고 멈춰 섰다

나와 아들이 안도의 숨을 내쉬는 찰나에
바로 뒤이어 내 차를 따라오던 검은색 승용차가
내 차와의 추돌을 피하려고 버스전용차로에 돌진!
둔탁하게 쿵~ 하는 소리와 함께
영화의 한 장면처럼 행하니 뚫린 버스전용차선 앞으로
검정 승용차가 80m 이상 앞으로 튕겨 나가는 게 아닌가!
실로 눈 깜짝할 사이였다

순간 머릿속이 하얘졌다
다행히 나와 아들은 무사하다는 것과
안전거리를 유지한 채
과속을 하지 않아 천만다행이었다는 안도의 한숨이 나왔다

내 뒤를 따라오던 승용차는
이 진퇴양난의 상황에서 내 차와 추돌을 피하려고
버스전용차선으로 핸들을 틀었다가

쌩쌩 달리던 버스와 충돌하고 말았다
상황이 정리되고 다시 차가 움직이는데
휴대폰을 검색하던 아들이
"엄마, 마성터널엔 귀신이 살고 있대요" 한다

그 후유증으로, 다음날 일요일에 내려오지 못하고,
월요일에 내려왔다
규정 속도와 안전거리를 확실하게 지키며
여전히 불안한 마음 감추지 못하고 조심조심 내려왔다
나는 당분간 두려워서 고속도로 운전을 못 할 듯하다

　　　　　　바람의 까닭

무얼까?

요즘은 도통 아무런 일도 되지 않고 재미도 없다
무언가에 씌워 끌려다니는 사람처럼 내 안에 내가 없다

그 많았던 긍정의 씨앗들은 어디에서 싹을 틔우고 있는 걸까?
무엇이 내 안의 뜨거운 열정들을 모두 다 집어삼켜 버린 걸까?

허전함과 막막함이 태백산맥처럼 길게 가로누워 나를 아프게
한다
그 상처들이 무겁게 밀물과 썰물 되어 내 심장 속에서 써레질
을 한다

내 마음 내 생각과 달리
제멋대로 돌아가는 세상에서
어린아이마냥 떼써 보기라도 해봤더라면 덜 속 상했을까?
지금이라도 허무한 세상에 한풀이라도 해볼까?
그러면 내 마음이 좀 나아지려나?

요즘 나의 동공 속에 들어온 세상은 모두 회색빛이다
생동감이라고는 눈 씻고 찾아봐도 없고
모두 다 허무하게 내 안으로 걸어 들어온다

이런 기분 이런 감정들은 내가 50년을 넘게 사는 동안 처음이다
기쁜 일을 만나도 슬픈 일을 만나도 영화처럼 미동도 없이
목석처럼 마음에 전혀 동화되지 않는다

앞산의 "깍깍" 까마귀 울음소리가 구슬프다
아! 그렇구나!
내가 늙어가고 있었구나!
그동안 나를 잊어버리고
정신없이 바쁘게 살아온 시간들이
허무라는 고목으로 자리 잡고 있었구나!

그래 잠시 걸음을 멈추고
나를 돌아본다
스스로에게 반문해본다

바람의 까닭

나는 누구이고 또 어디로 가고 있는지
이제 내가 보이고 나를 찾을 때까지
세상을 향한 숨 고르기를 시작해보련다

필명 받던 날

소금 로(塲), 새 을(乙)

소금 새가 되라 하시네

만인들의 가슴속에 소금처럼 녹아 맛을 내는 글을 쓰라 하시네

노을이 되라 하시네

붉은 해의 기운을 받아
따스히 익어가는 저녁노을이 되라 하시네

미명을 따라
은구슬 위로 반짝반짝 비상하는 아침노을이 되라 하시네

은빛 물결 포근히 일렁이는 호수 안으로
잔잔한 평화의 노을이 되라 하시네

바람의 까닭

만인들의 가슴속에서 순수하게 녹아지는 소금 새

희망을 노래하는

노을이 되라 하시네

제 2 부

어머니의 무릎

내일 일은 내일에게 물어보고

"내일 시간 있으세요?"

"글쎄요, 내일은 내일에게 물어보고 말씀드릴게요"

어느 날 갑자기 사오정이 된 문지기 덕분에
난 내 모든 시간들을
돈 버는 기간제 시급 일자리를 찾아 기웃거렸다

그런 나를 향해 가끔씩
내일 시간 있으세요?
물어 올 때마다
'내일은 내일에게 물어보고요'
아직은 잘 모르겠어요, 하고는
다음 날 일찍 답을 주곤 했다

이젠 매일 출근하는
정규직이 되어
그렇게 물어오는 사람들은
만날 수 없지만,

한 치 앞도 모르는 인생을
미리 가불해서 걱정하지 말고
지금 최선을 다하는 게 중요하다

'내일은 내일에게 물어보고요'

영감의 빛

서툰 잠을 질척거리다
새벽을 깨웠다

좀처럼 열리지 않는 영감은
꽉 막힌 창문처럼
열릴 기미가 보이지 않는다

그러나
어쩌랴

어김없이
월요일은 돌아오고

나는 익지 않은
풋감 한 알을 내놓을 수밖에

행운목

더디게 싹을 틔운다고
재촉하지 마세요

두리뭉실 몸뚱어리
더디다고 재촉하지 마세요
지나온 세월만큼
튼튼해지고 싶으니까요

내가 아직 그대와
함께 할 수 있는 건

대나무처럼
백 년에 한 번
꽃 피우는 법을
알고 있기 때문이에요

재촉하지 마세요
있는 듯 없는 듯 당신 옆에서
당신만 바라보고 있을게요

탈출을 꿈꾸는 언어

언어가 모양을 까먹었다
말의 색깔도 떠오르지 않는다
부드러운 향기가 그립다

회색 그림자를 쫓아간다
붉은 소리가 난다
징어리 징징~
징어리 징징~

땅거미 내린 아스팔트 위로
어둠이 따라온다

태고의 언어가 신음소리를 낸다

시간에 쫓기고
규칙에 시달리고
돈의 노예가 되어버린

새벽 창이 흰 띠를 두른다
해야 떠라

바람아 뜨겁게 불어라

언어의 살풀이를 신명 나게
해 보자꾸나

어기야 둥둥
어기야 둥둥
말의 춤사위에 맞춰
언어야 놀아보자

네 혼이
다 빠져나갈 때까지

유월, 비 그친 아침

밤새 유월의 가랑비가 신나게 놀다 갔다

비 그친 새벽
참새 뱁새 종달새
날 짐승들이 몰려와
15층 아파트 창공을 맴돌며
아침을 노래하고 있다

건너편 산자락에선
뻐꾸기 소리도 들려온다

만물이 초록의 심장을 닮아가는 계절

새로운 둥지를 찾아가는 새들이
젖은 날개를 털고 있다

밤새 젖어있던 나도
날개를 털고 일어섰다

발아래 꽃잎이 깨어났다

마름질

나무들이 성큼 익어가고 있다
아직,
여름을 배웅도 못 했는데

머지않아
손을 주머니에 넣게 하는 찬 서리가
헐크처럼 달려들겠지

뼈 마디마디 통증을 선물해 준
환절기가 애처롭다
인내해야 하는 사이사이가
천 길 만 길이다

어이하나,
마지막 잎새까지 떨구고
꿋꿋하고 당당하게
북풍한설을 속살로 마주할 자작나무

그 자작나무를 위해
마음을 마름질해야겠다

하늘다람쥐 닮은 물감으로
나만의 그림을 그려야겠다

연필을 깎다가

태곳적부터 깜깜한 어둠 속에서
꼭꼭 숨어 살아야 했네

태어나서도 혼자 걷지도 못하고 말할 수도 없다네

어느 날엔가

쓰윽 쓰윽 쓰윽 쓰윽

서슬 퍼런 괴물이
나무집을 파헤치네
눈물 흘릴 새도 없이 나무집을 모두 파 먹히고
살갗까지도 날카롭게 파 먹혔다네

아이쿠야

그제야 빛을 보고 걸을 수 있고,
말할 수 있다네

바람의 까닭

너도 그렇고
나도 그렇다네

많고 많은 시간들을 참고 견디며
갈고 닦아야 한다네

연꽃 사랑

은은하고 부드럽게
함박웃음 꽃을 피우며

진한 삶의 향기로
자신을 내어주며

이리 치이고 저리 다친
영혼들의 마음을
맑게 밝히는

그대의 향기는
행복 바이러스
연꽃 사랑의 향기여라

삶의 공식은 없다

햇살 고운 날
발그레한 미소는
공식이 없다

살다 보면
지치고 힘들 때 있지만
그냥 살아내다 보면
다시 웃을 날 있는 것처럼

삶에는 공식은 없다
그냥
어제처럼 오늘을 살아가는 거다

내 안에서
햇살보다 고운 미소를
찾아가는 거다

어머니의 무릎

"오매~ 마파람 부는 것이 비 올랑갑네이~"

어머니가 통증 섞인 혼잣말을 길게
풀어내셨다

땅거미가 노을을
깨무는 저녁나절

멀리서 뱃고동 소리가
포구로 들어오고

일곱 살 막둥이는
엄마 품속에서
별빛 수를 놓았다

그렇게 비는
밤새워 내렸고

바람의 까닭

빗방울 수만큼
쑤셔댔던 통증은
새벽까지, 어머니
무릎을 드나들었다

"막둥아 장독 뚜껑 닫거라 잉!"

낙화

시간이 4월의
발꿈치를 밟으며 채찍질하고

절뚝거리며 걷는
발자국 위로

아쉬운 눈물 뚝 뚝
서러운 나이를 헤아린다

내려앉은 슬픔 위로
연두가 날갯짓하고

만취한 봄이
눕고 있다

노을의 심장

압해도의 노을이
어두워지는 바다에 끌려
수평선 치맛자락 속으로 숨어들었다

밤새도록 달을 품고
별을 풀어 놓더니
새벽이 되어서야 치맛자락을 빠져나와
먼동이 되었다

어기야 둥둥 어기야 둥둥
뱃노래 가락은
침묵 속에 흘려보내고

구부야 구부 구부가
눈물이로구나
잠들지 못한 아리랑 가락은
갯벌을 지나고 노을을 지나
바다의 심장이 되었다

침묵

과거라는 어제를 덮고 누웠다
시간은
어제 먹다 남은 팝콘처럼 눅눅하다

원주 시내 야경을 내려다보는
붙박이 냉장고에선
군대 간 아들놈과 친구 녀석의
술주정하는 소리가 밤새 끊이지 않았다

어느 날부턴가 모든 일상이 정지된 채
호흡을 잃어가고 있는 정물화처럼
아들 녀석은 돌 사진 속
여덟 살 누나와 함께 환하게 웃고 있다

거실 벽에 기댄 채
수족관 속에서 졸고 있던
금붕어 한 마리가 이른 아침
배달 오토바이 소리에 번쩍 눈을 떴다

점(點)

연필 끝에 매달린
지우개의 밥이다

딸기 꽃 피는
순정 속
꽃잎 지는 이별이다

뜨거운 불길 속
사그라지는
한 줌 재다

결국엔
점(占) 하나

당신과 내가
나눠 먹어야 할
밥이다

이태원 메아리

눈은 뜨고 있는데
까망까망 하다

귀를 열고 있는데
소리가 말을 안 한다

말을 하고 있는데
들리지 않는다

마음은 울고 있는데
눈물이 나질 않아

억장이 무너지는데
나는
한마디도 할 수가 없다

어디쯤 가고 있니
나는 아직 너를 사랑하는데…

저기압

새벽이 힘겹게 기지개를 켠다

오토바이 자동차 기계음 소리가
바닥에 낮게 깔리며 지나간다

아이들이 삼삼오오
떠드는 소리가 들리는 걸 보니
학교 갈 시간이 되었나 보다

창문 너머로
낮게 쏟아진 햇살이
바닥에 불빛처럼 쏟아진다

갑자기 내 가슴에도
불빛들이 몰려온다

가을이 지나가나 보다

동행

추석이 지나고
들판의 알곡들이
머리를 숙여가던 어느 날

창밖엔 가을비가 내리고
매장 안 계산대로
장애인들이 몰려왔다

한눈에 봐도
중증 장애인들이다
사회복지사의 도움을 받아
물건을 계산하고
거스름돈을 주고받는다

카운터 앞에 도착한 사람들은
차례대로 인증 샷을 찍으며
스스로 흐뭇한 표정을 짓는다
김치와 치즈를 버무리듯

바람의 까닭

인솔자의 포즈 주문이 이어질 때마다
가슴 한켠이 묵직해진다
마트에서 장보기 체험을 마친
장애인들 손에는
비닐 보따리가 하나씩 들려있고

 밖에는 여전히
가을비가 내렸다

제 3 부

외로운 별

키 크는 바지

10년이라는 세월이
내 츄리닝 바지를
자라게 했나 보다

내가 정신없이
시간을 쫓아가며
세월을 주워 담을 동안

그 바지는 뼈마디를
갉아먹으며
2센치 넘게 키가 자라 있었다

파 먹힌 나의 시간들은
어디로 갔을까!
헐렁한 바짓가랑이 사이로
시린 바람이 지나간다

너는 알고 있니?

시인은 괜히 되는 줄 아니!
어둠처럼 고독해서
시인이 되는 거야

시는 괜히 쓰는 줄 아니!
홀로 부는 바람처럼
외로우니까
시를 쓰는 거야

시인이 괜히 고독한 줄 아니!
슬픔을 감추어야 하기 때문에
혼자 버티는 거야

눈물의 흔적일랑 보이지 않으려고
말을 거는 거야

시간의 무게

남들보다 한나절 늦은 출근 시간
아버지의 낡은 구두처럼
발걸음이 무겁다

여유롭게 물 한 모금 마시기도
힘든 캐셔 일을 하면서

울 엄마 홀로 어린 자식들
뒷바라지는 얼마나 힘드셨을지!
비추어 본다

그나마 눈치 보지 않고
편히 쉴 수 있는 밥 시간이 꿀맛이다
밥 중에 가장 맛있는 밥이
남이 해준 밥이라고 했던가

손 하나 까딱 안 해도 되는
끼니가 보약 같다
어느덧 퇴근 시간이 되면

골목마다 어둠을 갉아먹는
24시 편의점 불빛이
인자한 낯빛으로

길모퉁이 발끝까지 내밀고
나를 기다리고 서 있다

새벽에

토독 토독 토닥토닥
톡 토독 톡톡 토독 톡톡

은구슬이
밤새도록 투명한 오선지 위에
노래를 쓴다

유리창 속 어둠에 매달려
한몸이 되고 싶어 한다

어제의 고달팠던 시간
외로웠던 사연
톡 토독 톡 토독
밤새 하소연 하나 보다

잠들지 못하는
눈물 되어
동녘 유리창을 깨우고 있다

계절을 도둑맞았다

서러움으로 충혈된 바람이 분다
아웅다웅 세월을 주워 담는 동안
계절을 수도 없이
시간의 강을 건넜다

싱그러웠던 연둣빛 꿈은
벌과 나비의 날갯짓에
떠밀려 갔는지
보이지 않는다

주섬주섬
눈물의 낱말들을 그러 모으며
추억의 이삭을 줍고 있다

봄 처녀

그대 오신다 하여
이른 아침 맨발로
마중 나갔습니다

그대는 보이지 않고
그대 위해 차려입은
옷깃만 젖었습니다

허전한 맘 어쩔 수 없어
먼 산 바라보며 한숨짓는데
그대는 세상 속 낮은 속삭임으로
움트고 있었습니다

산과 들 가득
명지바람 손잡고
그대 앞으로 달려 나와
연둣빛 웃음을 흘리고 있었습니다

　　　　바람의 까닭

외로운 별

광활한 우주 한가운데
뜨겁게 반짝이는 별 하나

텅 빈 밤하늘
칠흑 같은 밤을 가로질러
나에게 왔다

봄이 오는 길목
바람이 마중 나와 있는
철길을 지나
밤새도록 별은 따라오고

새벽이 끝난 자리
별이 숨어든 햇살 너머로
민들레꽃 한 송이 피어났다

달콤한 유혹

중천에 걸린 시간이
제 맘대로 삐딱한 커튼 사이를
비집고 들어왔다

'그냥 푹 쉬어~
출근 안 해도 돼~!
네 맘대로 해도 괜찮아~'

"그래?
지금 눈뜨는 것도 귀찮아, 말 시키지 마"

시간을 건너온 햇살이
속수무책으로
시급에 걸린 내 목숨을 끌고 들어온다

나는 지금
침묵시위 중이다

새내기 작가

청아한 하늘 창에
꿈 실은 풍선 하나 띄웁니다

심해의 물결 위로
해맑은 마음 하나 문을 엽니다

청록 우거진 숲 너머로
작은 옹달샘 하나 열었습니다

표정도
마음도
소리도
하나하나
수면 위로 올릴 때마다
두려움이 앞섭니다

꽃잎이 흔들릴 때마다
나비가 날아오를 때마다
가슴은 파도처럼 출렁이고
별빛은 물빛 되어 반짝입니다

멋쩍은 호들갑

"아이고 손이 불편하신 줄 미처 몰랐습니다."
계산대에서 재사용 봉지를
꼼지락 꼼지락 펼쳐주는 캐셔의 왼손은
마비된 지 오래되었다
"아닙니다.
당연히 제가 할 일입니다."

오른손 한 손으로 물건을 잡아 스캔하고
왼손으로 부자연스럽게 밀어내는 그 모습이
안쓰러웠나 보다

"아이고 손이 불편하신데도
힘든 일을 어떻게 잘 하고 계시네요."
"네 괜찮습니다
제게 주어진 그릇 만큼 그냥 열심히 살고 있습니다."
"고맙습니다
안녕히 가십시오."

호들갑스런 큰 소리는
계산하려고 쭈욱 서 있던 고객들의 시선을
한곳으로 집중시켰다

제 설움으로 먹먹해진 캐셔가
안경 너머로 떨어지려는 설움을 꾹꾹 삼키며
괜찮은 척
5년째 누군가의 바코드를 찍고
숫자를 계산해 주고 있다

봄을 만나다

비단결 바람 따라
연두가 고개를 내민다

어린 솜털 수줍게 돋아나는 나뭇가지 끝
살랑살랑 너울너울
나비도 춤을 춘다

기억 저편
오래된 꽃잎의 손길을 가져와
바람이 지나가는 길목마다
새로운 숨결 쏟아낸다

저기
봄이 지나간다

길

생채기 난 강물이
노을을 등에 업고
과거의 시간 속으로
내달리고 있다

과거의 기억 속에서
자라난 가시들이 나를
자꾸 찔러댄다

상처 난 언어들을 태우고
안타까운 애간장을 잘라내며
손과 발을 구속시켰다

생의 이정표를 찾아야 할 나이에
아직도 길을 헤매고 있는
나는

강물의 물살에 몸을 맡기고
바람의 방향을 따라
흘러가야 할까 보다

그렇게 바쁘면 어제 출발하지

어제저녁 10시 10분쯤 퇴근길,
반대편 차선에는
경찰차가 순찰 중이었다

내 차 진행 방향 차선에는
뭐가 그리 바쁜지 흰색 승용차 한 대가
지그재그로 세 개 차선을 넘나들며
앞으로 돌진했다

누가 사고라도 당한 걸까?
술김에 용기가 난 걸까?
짧은 순간, 꼬리에 꼬리를 무는
상상력을 발휘하는데

반대편 차선을 지나가던 경찰차가
사이렌을 울리며 다시 들어왔다
달리던 차들은
비상등을 켜고 급하게 차로 변경을 하였다

바람의 까닭

잠시 후 3차로에는

스무 살쯤 된 배달청년

오토바이와

헬멧이 도로 위에 나 뒹군 채 누워있었다

MRI

내 비밀을 세심히
고자질하려고
작정을 했구나

너의 언어로
내 속옷까지 모두 강탈하고
너는 나를
친절하게 눕혔다

쿵쿵 뛰는 심장 소리,
공연히 가빠오는 호흡마저
반듯하게 누운 차렷 자세로
예의를 갖추게 한다

스타트 버튼을 누른다
예식을 시작합니다

통통통 딱딱딱딱 찌르윽찌르윽 둥둥퉁퉁

처음 듣는 외계 언어들이
30분 이상 정열된
몸짓의 춤을 춘다

지구를 세 바퀴 반이나 도는
생명선 안으로 투명한 액체가
끈적하게 쏟아진다

행여 숨겨둔 외간 남자가 있지 않을까
구석구석 투명한 시선으로
들여다본다

창밖에는 함박눈이 내린다는데
나는 오늘 밤
내 안으로 무단 침입한
낯선 놈의 손길로 뜨겁게 달아올랐다

철 지난 밤

철 지난 밤을 한 봉지 얻어왔다

철 지난 밤의 절반은 벌레들의
먹이로 주고 나머지 절반도
얼은 것과 썩은 것을 빼고 나면
먹을 게 없다

적막을 벗 삼아
온전한 밤을 밤늦도록 까먹다 지쳐
밤을 눕히기로 했다

잠이 오지 않는
이 밤을 어찌해야 하나
밤새 뒤척이며
아직 까보지 못한 밤 몇 알에 대해 생각하다가

내일 아침, 아파트 화단에
묻어주기로 했다
몇 년 후 밤나무 한 그루
토실토실한 알밤 송이를
기대하며

여보게

여보게
어딜 그리 급하게 가시는가
쉬엄쉬엄 가시게나

인생길은
정답 없는 시험지
쉼표 없는 쳇바퀴라네

그냥
소풍 길처럼
꽃과 눈 맞춤 하고
텃새들과 수다도
떨면서,

지나가는 길손에게
물 한 바가지 건네주며
세상사 이야기로
껄껄껄 웃음 한 모금 건네도
그만인걸,

여보게

가다가 지치거들랑

흰 구름 지나가듯

소박한 신세타령이나 늘어놓고

세월에 못내 지쳐 익어버린

낙엽 따라가는 길,

가다가다 지치면

'세월가' 한 자락 구성지게 풀어 놓고

놀다가 가도 좋으리

짧은 만남 긴 여운

30여 년, 혹은 40여 년 전
떠나온 길을 다시 가 보려고
금요일 오후 마지막 남은 막차 표를 예약해서
남들보다 하루 먼저 길을 나섰다

까만 교복에 하얀 카라만큼이나 순수했던 시절,
운동화가 황토색으로 바뀔 정도로
십 리 길을 깔깔대며 걸어 다니느라
마냥 즐거웠던
친구들을 만나러 가는 길이다

교복 치마보다
체육복 바지를 자주 입고
남학생과 여학생을 연결하는 사랑의 메신저
역할을 했었던 송희가 어여쁜 딸을
시집보낸다고 압해도에서
인천에서 서울에서
수원에서 평택에서
서른 명 넘게 별빛처럼 모여들었다

결혼식을 핑계 삼아
옛 시절을 소환해오는 친구들과의 만남이라
가슴 설레는 시간이었다

꽃보다 예쁜 주인공을 만나
인증 사진도 찍고
피로연장에 모여
반가운 악수와 이야기로 배가 불렀다

하하 호호 어쩜 이리도 좋을까~

40년 만에 만나는
숙자 향숙이 희자 은아 수연이,
오랜만에 볼 수 있어 행복했다

순옥, 복실, 미숙, 명희, 석남, 재용
성필, 창석, 종엄, 성록, 보성이는
분기별로 얼굴을 봐도 더 반갑고 좋더라

다음 모임을 기약하며
홍어랑 낙지로 미끼를 던져 놓고
친구들아 아프지 말고 건강하게 만나자

제 4 부

밤의 문장

황가네 주막

빛바랜 나무 탁자에
옹기종기 모여 앉아 막걸릿잔을 기울이던
황가네 맷돌 빈대떡집,
찌그러진 양은 주전자가
몇 순 배 오고 가면
녹두전에 홍어라면으로 배가 차올랐다
월요일 저녁마다 글쓰기 공부 끝나고 달려갔던
참새 방앗간,
달빛문학회 다섯 번째 문집 출판기념회를 앞두고
오 년 전 그날들이 떠올라
새삼 가슴 뭉클해진다

나를 만나는 시간

하루 중 나를 만나는
비밀의 시간이 있다

새벽 네 시,
홀로 깨어 캄캄한 어둠 속을 응시하며
바람의 온도를 재고
가슴속을 흐르는 강물의 유속을 잰다

엄마의 자궁 속 기억을 되살려
그 친절한 목소리와
따뜻한 숨결을 불러오는
혼자만의 시간,

새벽 별 마루에 앉아
우주를 지나가는
무의식을 잡고
과거로부터의 온전한 나,
숨길 수 없는 존재의 물음표를 찾는다

낮달

하루 종일 햇살 뒤에 숨어
게으르게 놀았다

나도 덩달아
어울렁 더울렁
시간의 허리를 넘고

햇살이 고개를 떨군
오후 5시,

서산 너머로 슬쩍
몸을 감춘 하늘만 혼자
얼굴을 붉혔다

밤의 문장

펜을 들고 뜨끈한 물 한잔을 앞에 놓는다
좀처럼 열리지 않는 감각,

시계는 로마 병정처럼
밤의 정적을 파헤친다

거미줄처럼 얽힌
하루의 통증들이
횡경막을 들락거리며
불면의 시간들을 끌고 와 발목을 갉아먹었다

순간,
낯선 문장들이
별처럼 떨어졌다

통증 두 알

종일토록 전두엽의 명령에 충실했던
두 다리가 아프다

퇴근 두 시간 전부터 두통이 밀려와
타이레놀 두 알을 먹었다

언젠가부터 만성이 되어버린 통증은
손님처럼 찾아와 불청객처럼 머물렀다

이미 오래전 몸의 일부가 되어버린
만성 통증으로 또다시 불면의 밤이
완성되려나 보다

아침을 마신다

눈을 뜨고 2센치도 안 되는 동공을 깨운다
첫눈(雪)에 녹아내린 따스함을 두 손으로 감고

후~~

심장을 타고 흐르는
따스한 눈을 뜬다

드디어 아침도 깨어났다

그릇

아련한 기억 속
가마솥 아궁이가 있던
부엌 끄트머리에 걸쳐있던
어머니의 토기 하나,

나물을 담고
국을 담고
세월을 담았던

지금은 텅 빈 압해 바다의
그리움만 담아
나를 닮아가는 먼 기억 속의
질그릇 하나

　　　바람의 까닭

인생

상처가 고인 자리에
통증으로 비명이 차오른다

악을 쓰고 도끼눈을 부라리며
생존의 먹이사슬에서 탈출하려고
안간힘을 쓰지만

영혼을 갉아먹는
육신의 허기는 채워지지 않는다

북적대는 계산대 앞에서

2021년 12월 11일 토요일

코로나가 연일 기록 갱신을 하며
뉴스 전면에 등장하고 있다
벌써 이십일 개월 차다

코로나를 상관하지 않는 사람들은
북적북적 의기양양 몰려다니고
하루 종일 그들을 대하는 나는
먹먹한 가슴을 달랠 길 없다

하루 종일 매장 스피커를 통해 흘러나오는
크리스마스 캐럴이
낯설다

함박눈이라도 내렸으면 좋겠다

산사의 아침

흰 백설기를 뿌려놓은
아침이 누워있다

고해성사를 하듯
무릎 꿇고 다가온
침묵이 새벽을 열고

대웅전 풍경소리
절 마당에 내려앉아
흔적 없는 내 발자국을
지우고 있다

세대 차이

회사 구내식당의
오늘 메뉴는 나물 비빔밥이다

오십 대 아줌마 직원들은
함지박만 한 냄비에 나물 넣고 김치 넣고
고추장 넣고 싹싹 비벼 입안 가득 배고픔을 달래며
남은 근무시간을 위한 에너지를 축적한다

이삼십 대 젊은 직원들은 컵라면을 집어 들거나
냄비에 뜨거운 물을 채우고
라면 봉지를 뜯느라 삼삼오오 모여서 뽀시락거린다

오십 대는 살기 위해서 먹고
이삼십 대는 먹기 위해서 사는 현장이 바로 여기다

바람의 까닭

사뿐사뿐 날갯짓한다

아이들의 웃음소리 머물다 간 자리마다
어린 풀잎 고개 떨구고

침엽의 사이사이
헛기침하는 구름이 걸려 있다

바람이 깨어나고 잠드는 곳
내 숨도 그곳에 있다

껌딱지 선물 상자

매주 월요일 아침이면 어김없이
껌딱지로 봉인된 선물 상자 하나가 배달된다

처음에는 그 껌딱지 속 선물들이
머나먼 별나라의 언어처럼 어려웠다

매 주 한 번도 거르지 않고 배달되는
선물 상자의 말미에는 꼭

'– 초고 공유금지'가 붙어 있다

월요일 아침 8시 반이면
문자메시지로 배달되는 자랑스러운 선물 상자
나는 감히 흉내 내기도 힘들다

벌써 칠 년째다
참 고맙다
자랑스럽다

망연자실

생각 주머니에 펑크가 났다
감정이 메말라 버렸다

펑크 난 자리로
자본주의의 바람이 드나들었고

바닥난 감정의 제방 위로
마른 물고기들만 뛰어올랐다

한 마디로 눈에 뵈는 게 없다

청양고추

약이 바짝 오른 시간들을 한입 베어 문다

독한 년!

입안 가득 어릴 적
서럽고 가난했던
매서운 고통이
회오리친다

후~후~
매운 숨을 뱉어내면서도
밥 한 숟가락 입에 문 채 청양고추에 고추장 찍어
아사삭
홀어머니의 고달팠던 시간이 순삭된다

진짜 독한 년!

홀어머니의 가난에 찌든 삶이 부서진다
오빠는 남자니까
많이 배워야 하지만
너는 여자니까 돈벌이나 하라고 했던 어머니의
시간도 태양초가 된 지 오래되었다

나는 한 번도 독하게 살지 못했다

어느 날 오후

패랭이꽃 닮은 소녀가
작은 초코케이크 하나를 들고 와서
카드 하나를 내밀었다

"급식카드로도 계산이 되나요?"
(목소리는 이미 풀이 죽어 있다)
"네? 급식카드요?
아마 카드면 다 되지 않을까요!
일단 결제해 볼게요."

단말기에 카드를 넣자
'지원되지 않는 카드입니다'라는 문구가 떴다

카드 외형은 일반카드와 동일해서
다른 생각 없이 결제를 진행했다

그 소녀의 기어들어가는 목소리와
내 눈치를 살피며 흔들리던 눈망울이
심장을 쿵! 하고 내리쳤다

복지국가라고 떠들어대며
오적[*]의 밥 한 그릇 값도 안 되는 돈으로
생색을 내는 부끄러운 어른이라는
생각에 얼굴이 뜨거워졌다

아주 오래전 만났던
한 소녀의 얼굴이 떠올라
내 앞에
지원되지 않는 시간이 소환되었다

나는 그냥 말없이 꼬옥 끌어안고
괜찮다고 위로를 보내는 대신
조용히 내 카드로 계산을 하고
수줍게 웃으며 매장을 나서는 소녀의
뒷모습을 한참 동안 바라보았다

---

* 김지하의 시 '오적'에서 차용함.

여름은 진화하고 있다

시원하고 쾌적한 여름밤을 보내려면,
모기장과 모깃불이 필수였던 어린 시절이 있었다

마당 한가운데 멍석을 깔아놓고
동서남북 사방에는
모깃불을 피워놓은 채
밤하늘 가득 쏟아지는 은하수를
바라보았다

보석처럼 알알이 총총한 별빛을 세다 보면
마당 가 풀섶에서 반딧불이 마중 나와
지상의 은하수를 만들어주었다

체감온도가 34도를 넘겨
폭염경보가 내려진
7월의 첫날,
유월부터 이어진 마른하늘에
시원한 소나기 한 줄기가 기다려졌다

도시의 아파트에 둥지를 틀고

더 이상 모기장도 모깃불도 옛날이야기가 된지

오래되었지만

여름 내내 시원한 에어컨 바람을 누린 대가로

전기료 폭탄을 맞은

불쌍한 중년의 아줌마 하나 눈앞에 있다

해탈의 언어로 세상을 촉촉하게 밝히는 등불

- 김노을 시인의 첫 시집 '바람의 까닭'을 읽고 -

김남권 시인 (계간 P.S 발행인)

해탈의 언어로 세상을 촉촉하게 밝히는 등불

- 김노을 시인의 첫 시집 '바람의 까닭'을 읽고 -

김남권 시인 (계간 P.S 발행인)

 상처가 시인을 만든다. 누구나 살면서 한두 개의 상처를 안고 살아가지만 생사의 기로에서 기적적으로 살아난 사람들의 가슴 속엔 용광로보다 뜨거운 불덩이들이 담겨 있다. 그리하여 누구보다 치열하게 삶을 견디는 능력이 있다. 김노을 시인의 세상을 향한 오지랖은 이런 생사의 기로에서 부활한 생명에 대한 연민으로부터 출발한다. 시집 곳곳에서 나타나는 화자의 이야기는 시인이 삶의 현장에서 경험한 사실의 진술을 바탕으로 전개되고 있다는 사실을 미루어 짐작할 수 있다. 꽃다운 젊은 시절 불의의 사고로 왼손이 불편해진 그는 누구보다 장애인들의 딱한 사정을 애달파하고, 독거노인과 소외된 계층의 불행을 외면하지 못해 수년 째 봉사활동을 이어오고 있기도 하다.

시인은 아무나 될 수 있지만, 따뜻한 감동과 공감을 이끌어낼 수 있는 시인은 누구나 되기 쉽지 않다. 사회적 지위나 명예가 높거나 베스트셀러 작가라고 해서 좋은 글을 쓰는 작가라고 단정하기 어려운 이유도 이런 까닭이다. 존경받아 마땅하고 우리가 사랑해야 할 시인은 자신의 삶이 온전히 시를 살아가는 사람이라야 하는 것이다. 생명을 향한 따뜻한 연민과 사랑이 담보하지 않는 시인의 시란, 공허하기 이를 데 없는 공염불이나 다름없다. 그런 면에서 김노을 시인은 천생 시인의 심성을 타고났다. 다만 그런 선천적 성정만큼 치열한 고민과 열정은 앞으로 해결해야 할 과제이기도 하다.

김노을 시인은 이미 칠 년 전부터 '나도 작가' 글쓰기 수업에 참여하며 생각의 영역을 넓혀 왔다. 매주 목요일 시창작 강의를 들으며 습작 시를 발표하였고, 문예지를 통해 문단에 얼굴을 내민 지도 몇 년 지났다. 그동안 수백 편의 시를 쓰면서 사람을 바라보고 삶을 바라보는 시선의 폭이 넓어지고, 그 사유의 깊이도 성장했다는 사실을 이번에 출간하는 첫 시집의 시편들 속에서 여여하게 드러나고 있다. 특히 자신의 상황이 어렵다고 비겁하지 않고, 세상의 부조리하고 불합리하고 불편부당한 일들에 대해선 외면하지 않고 부딪히려는 의지는 시인의 정신이 살아 있음을 증명하고 있다. 많은 시인들이 침묵하거나 외면하는 현실의 문제에 대해서도 눈 감지 않고 그들의 고통에 동참하고 위로의 손길을 건네려는 그의 살아 있는 의식이 안도감을 주게 한다.

전기료가 또 오른다고 한다

가스비
기름값 교통비도 오를 것이다
서민들에게는 인두세도 모자라
마시는 공기에도 세금을 매길 기세지만
부자들은 법인세를 깎아주면서 선심을 쓴다

컵라면 삼각 김밥
설탕 소금 생수도 오른다고 한다

돈 없고 배고픈 서러움은 무엇으로 달랠까!

인건비 줄이려고
AI가 대신하는 세상
놀부 마누라의 밥주걱에 붙은
밥알도 뺏어 먹는 세상이라니.

낮고 낮은 곳에서
연하고 순하게 살아가는 사람들이
차례로 쓰러지지 않도록

가난한 마음들이
서로의 마지막을 지켜주어야 하지 않겠는가

－「슬픈 도미노」 전문

김노을 시인의 시는 어머니와 아들, 딸 그리고 자신을 키워준 고향 신안군 압해도의 풍경과 함께 현실을 살아가는 동안 만나고 헤어진 사람들에 대한 기억과, 사유가 파노라마처럼 이어지고 있다. 가족을 향한 각별한 시선이 시편들마다 보물찾기처럼 숨겨져 있지만 그 보물을 발견하는 것을 각자의 몫으로 남겨 놓고 있다는 사실은 보물을 찾아야 할 사람들의 지혜가 필요해 보인다. 어머니가 되어 보지 못한 사람은 어머니의 심정을 이해하지 못한다고 한다. 어리고 미숙하고 이기적이어서 자신만 생각하기 급급한 삶을 살다가 어머니가 되는 순간부터 사람에 대한 연민과 인류애가 생기기 때문이다. 어머니의 나이가 되어서 생각하는, 세상에 없는 어머니에 대한 기억은 쓸쓸하고 허전하고 안타깝게 한다.

　올해 제 나이 쉰하나
　어머니 손을 잡고
　초등학교 입학식에 갔던 나이도 쉰한 살

　"어머 선희는 할머니랑 입학식 왔구나!"
　그때, 새침데기처럼 깔끔했던 아가씨 담임선생님이
　참 서운했었어요
　나는 그냥 이 세상에서
　우리 엄마가 최고로 멋지고 예뻤는데…

유난히 바쁘고 힘들었던
한 해를 보내면서
훌쩍 커버린 당신 외손녀, 외손자를
자랑하고 싶네요

— 「보고 싶은 어머니」 부분

이번 시집 속 시편들 속에는 이런 어머니에 대한 시인의 마음이
절실하게 남아 있다. 아울러 이제는 다 커서 자기 몫을 다 하고 있
는 딸을 향한 절절한 그리움과 아직 대학생인 아들에 대한 기대와
소망이 애처롭게 담겨 있다. 자식들이 성장해 가는 일은 한편으로
는 기쁨이기도 하지만 한편으로는 자신으로부터 분리되는 순간을
맞이해야 하는 모든 어머니들의 가장 안타까운 순간을 예감하기도
하는 것이기에, 어쩌면 아이들이 어린 시절의 귀엽고 사랑스러운
모습 속에 머물러 있기를 바라는 모성을 시 속에서 뜨겁게 감지할
수 있다. 이미 자신의 일을 하고 있는 딸을 향한 등대 불빛은 「철
들지 마라, 아가야」에서 진솔하게 반짝이고 있다.

철 들지 마라 나의 아가야
석류를 닮아 알알이 철 들어 버린 너
제발 철 들지 마라

너의 아픈 성장통이 마중물 되어

오래전 에미의 아팠던 기억들이 성큼 일어선다

아가야

이젠 철 들지 마라

이 세상 저무는 날엔

아이들이 쌓고 놀았던 소꿉장난 모래성들

어둠 속으로 다 스러져 갈 것인데

아가야

철 들지 마라

그저 너는 나의 귀여운 아가란다

세상 그 무엇도 대신할 수 없는

나의 소중한 보물이란다

사랑한다, 나의 아가야!

－「철 들지 마라, 아가야」 전문

아들을 군대에 보낸 부모들은 모두 환영 속에서 산다. 맛있는 음
식을 먹을 때도 좋은 것을 볼 때도 가족끼리 행복한 순간을 맞이
할 때도 어머니는 죄인의 기분이 되어 혼자 속을 끓인다.

아들이 건강한 모습으로 무사하게 전역하여 부모의 품으로 돌아
오기까지 한시도 마음을 놓을 수 없기 때문이다. 그리하여 어머니

는 밤새도록 그치지 않는 냉장고 소음을 들으면서도 아들에 대한 그리움을 놓지 못한다. 곁에 없어서 더욱 그리운 존재들은 가족이다. 가족 중 누구 하나라도 함께 했던 공간을 떠난다는 것은 꺼지지 않는 불빛 하나를 가슴 한가운데 켜 놓고 오래도록 지켜보는 일일 것이다.

과거라는 어제를 덮고 누웠다
시간은
어제 먹다 남은 팝콘처럼 눅눅하다

원주 시내 야경을 내려다보는
붙박이 냉장고에선
군대 간 아들놈과 친구 녀석의
술주정하는 소리가 밤새 끊이지 않았다

어느 날부턴가 모든 일상이 정지된 채
호흡을 잃어가고 있는 정물화처럼
아들 녀석은 돌 사진 속
여덟 살 누나와 함께 환하게 웃고 있다

거실 벽에 기댄 채

수족관 속에서 졸고 있던

금붕어 한 마리가 이른 아침

배달 오토바이 소리에 번쩍 눈을 떴다

– 「침묵」 전문

　우리의 인생은 점 하나로 시작해서 점 하나로 사라지는 것이다.
연필 끝에 매달린 지우개처럼, 점점 사라져 가는 것이다. 우리의 생
을 통틀어 지우고 싶은 기억은 무엇일까? 결국엔 점 하나로 남을
인생을 위해 잊혀지지 않는 점 하나를 남기고 살아가는 것일까? 시
인의 가슴 속엔 일찌감치 자신의 존재에 대한 비움과 해탈의 지경
을 생각하고 있다는 사실이 여실하게 드러난다. 그 점 하나 속에는
함께 걸어가야 할 사람들과 가족과 인연 되는 모든 사람들의 생명
과 직결되는 밥이 있고 운명이 있고, 삶이 있다. 그리고 한 줌 재로
스러져가야 할 우주의 점 하나가 있다.

연필 끝에 매달린

지우개의 밥이다

딸기 꽃 피는

순정 속

꽃잎 지는 이별이다

뜨거운 불길 속

사그라지는

한 줌 재다

결국엔

점(占) 하나

당신과 내가

나눠 먹어야 할

밥이다

– 「점(點)」 전문

　지난 2022년 우리는 이태원 골목에서 스러져간 159명의 아까운 청년들의 목숨을 방치한 죄를 안고 있다. 한 사람도 아까운 목숨이 주검을 맞이하지 않아도 되고 한 사람도 아깝지 않은 사람들이 없는데 무책임하고 무능하고 파렴치한 권력은 누구 하나 책임지지도 않고 꼬리 자르기로 얼버무리고 뻔뻔하게 세상을 향해 자유와 공정을 부르짖으며 위선의 칼날을 휘두르고 있다. 생때같은 자식들을 가슴에 묻은 부모들은 아직 잠들지 못하고 있는데, 그들은 허구한 날 축제와 파티로 날이 새는 줄 모르고 있다. 그 착하고 순한 눈빛들을 아직 기억하고 있는데 이 땅의 청년들을 눈 크게 뜨고 바라볼 자신이 없는 시인의 무너지는 가슴이 느껴진다.

눈은 뜨고 있는데
까망까망하다

귀를 열고 있는데
소리가 말을 안 한다

말을 하고 있는데
들리지 않는다

마음은 울고 있는데
눈물이 나질 않아

억장이 무너지는데
나는
한마디도 할 수가 없다

어디쯤 가고 있니
나는 아직 너를 사랑하는데…

― 「이태원 메아리」 전문

시인은 괜히 되는 줄 아니!
어둠처럼 고독해서
시인이 되는 거야

시는 괜히 쓰는 줄 아니!
홀로 부는 바람처럼
외로우니까
시를 쓰는 거야
시인이 괜히 고독한 줄 아니!
슬픔을 감추어야 하기 때문에
혼자 버티는 거야

눈물의 흔적일랑 보이지 않으려고
말을 거는 거야

– 「너는 알고 있니?」 전문

　안도현 시인은 '살아남으려고 밤새 발버둥을 치다가/입안에 가
득 고인 피/뱉을 수도 없고 뱉지 않을 수도 없을 때/꽃은, 핀다'고
했다. 꽃은 그렇게 피어나는 것처럼 시도 어쩌면 꽃이 피는 여정을
그대로 따라가는 것이라고 생각한다. 고독한 여정을 홀로 걸어가
며 슬픔을 감추고 눈물의 흔적도 보이지 않고 한 편의 시로 세상
을 향해 말을 거는 것이다. 그리고 화자를 통해 자기 이야기를 하

는 것이다. 아프고 고통스럽고 슬프고 눈물이 난다고, 지금 가슴이
무너지기 직전이라고, 최후통첩을 하는 것이다. 그리하여 시인들의
시는 그가 살아가는 삶의 시그널이자 몸부림인 것이다.

펜을 들고 뜨끈한 물 한잔을 앞에 놓는다
좀처럼 열리지 않는 감각,

시계는 로마 병정처럼
밤의 정적을 파헤친다
거미줄처럼 얽힌
하루의 통증들이
횡격막을 들락거리며
불면의 시간들을 끌고 와 발목을 갉아먹었다

순간,
낯선 문장들이
별처럼 떨어졌다

– 「밤의 문장」 전문

시를 쓰는 사람은 어둠이 선물이자 축복이다. 모두가 잠든 밤,
우주의 언어를 길어와 시를 쓰는 것이다. 그리하여 시인에게 「밤의
문장」은 자신의 언어 세계를 구축하는 자랑스런 문장이 되는 것이
다. 혼자 번민하고 사유하고 녹여내는 시간과의 싸움이 성숙하게

배출되는 시간인 것이다. 불면의 시간을 언어의 흔적으로 행간을 채우고 숨길을 만들 듯 시의 길을 만들어 가는 시인에게 낯선 문장들이 들어올 때마다 우주의 별빛이 켜지고 망망대해에 등대 불빛이 쏟아지는 순간이 될 것이다.

사뿐사뿐 날갯짓한다

아이들의 웃음소리 머물다 간 자리마다
어린 풀잎 고개 떨구고
 침엽의 사이사이
헛기침하는 구름이 걸려 있다

바람이 깨어나고 잠드는 곳
내 숨도 그곳에 있다

− 「바람의 까닭」 전문

표제 시 「바람의 까닭」은 김노을 시인이 궁극적으로 걸어가야 할 길을 상징적으로 보여주고 있다. 바람이 불어오고, 바람이 머물다 갈 흔적을 생각하는 그 까닭은 무엇이겠는가? 눈에는 보이지 않지만 바람이 지나온 길에는 수많은 생명과 사물을 어루만진 흔적과

체온과 살결이 묻어 있을 것이다. 그리하여 '바람이 깨어나고 잠드는 곳,/내 숨도 그곳에 있다'는 사실은 그 바람의 길을 따라 마지막 숨을 들여놓겠다는 숨은 의지가 돋보인다. 생사를 초월한 내가 살아가는 까닭을 함축적으로 보여주고 있는 것이다. 미련도 집착도 없는 다만 내가 책임져야 할 목숨의 관계를 위해 희생하는 모성의 의지가 자신의 생존 이유와 함께 함축적으로 드러나는 부분이라 할 것이다.

약이 바짝 오른 시간들을 한입 베어 문다

독한 년!

입안 가득 어릴 적
서럽고 가난했던
매서운 고통이
회오리친다

후~후~
매운 숨을 뱉어내면서도
밥 한 숟가락 입에 문 채 청양고추에 고추장 찍어
아사삭
홀어머니의 고달팠던 시간이 순삭된다

진짜 독한 년!

홀어머니의 가난에 찌든 삶이 부서진다
오빠는 남자니까
많이 배워야 하지만
너는 여자니까 돈벌이나 하라고 했던 어머니의
시간도 태양초가 된 지 오래되었다

나는 한 번도 독하게 살지 못했다

―「청양고추」 전문

청양고추를 한 번이라도 먹어 본 사람은 안다. 그 매콤하고 아린 맛 속에 중독성 있는 끌림이 계속해서 끊을 수 없게 만드는 마력을 부린다고. 베트남 고추나 남미에서 들어 온 속을 뒤집어 놓을 정도의 독한 맛이 아니라 톡 쏘는 매력이 음식의 맛을 한층 깊게 하는 마력을 가졌다는 사실을, 시인은 약이 바싹 오른 시간들을 홀로 견디며 '독한 년'이 아니라 독해지지 않으면 살아낼 수 없는 운명의 시간들을 보낼 수밖에 없었던 상황을 마지막 연에 한 마디로 함축하고 있다. '나는 한 번도 독하게 살지 못했다' 이 문장 하나가 화자를 통해 드러난 시인의 성정이다, 자신의 고통도 하늘을 찌르고 있지만 자신과 비슷한 처지에 있는 사람들을 보면 외면하지 못하는 못말리는 오지랖이 그를 지탱하는 원천이 되고 있기 때문이다.

패랭이꽃 닮은 소녀가

작은 초코케이크 하나를 들고 와서

카드 하나를 내밀었다.

"급식카드로도 계산이 되나요?"

(목소리는 이미 풀이 죽어 있다)

"네? 급식카드요?

아마 카드면 다 되지 않을까요!

일단 결제해 볼게요."

단말기에 카드를 넣자

'지원되지 않는 카드입니다'라는 문구가 떴다

카드 외형은 일반카드와 동일해서

다른 생각 없이 결제를 진행했다

그 소녀의 기어들어가는 목소리와

내 눈치를 살피며 흔들리던 눈망울이

심장을 쿵! 하고 내리쳤다

복지국가라고 떠들어대며

오적의 밥 한 그릇 값도 안 되는 돈으로

생색을 내는 부끄러운 어른이라는

생각에 얼굴이 뜨거워졌다

해설   137

아주 오래전 만났던

한 소녀의 얼굴이 떠올라

내 앞에

지원되지 않는 시간이 소환되었다

나는 그냥 말없이 꼬옥 끌어안고

괜찮다고 위로를 보내는 대신

조용히 내 카드로 계산을 하고

수줍게 웃으며 매장을 나서는 소녀의

뒷모습을 한참 동안 바라보았다

– 「어느 날 오후」 전문

김노을 시인을 통증을 견디는 중이다. 젊은 시절 사고로부터 이어진 고통이 진통제를 복용하지 않으면 잠이 오지 않을 정도로 몸과 마음이 한계치를 향해서 진행 중이다. 하루 종일 서서 일하며 부어오른 다리보다 혼탁한 영혼을 가진 사람들 때문에 받는 고통이 통증을 유발하기 때문이다. 이미 만성이 되어 버린 통증은 손님처럼 찾아와 불청객으로 자리 잡고 앉아서 괴롭히고 있다. 아주 오래전부터 몸 일부가 되어 버린 통증은 맑은 영혼으로 가는 길을 막고 있다. 사람들과의 관계도 삶을 지탱해야 하는 이유도 놓아버린 지 오래되었지만, 오로지 자신을 위한 책임이 남아 있기에 포기하

지 못하고 사는 삶은 목울대까지 슬픔아 차올랐지만 눈물조차 말
라버린 상태다. 그 잠 못 드는 불면의 밤, 오직 별빛만 유일한 위로
가 되었을 것이다.

    종일토록 전두엽의 명령에 충실했던
    두 다리가 아프다

    퇴근 두 시간 전부터 두통이 밀려와
    타이레놀 두 알을 먹었다

    언젠가부터 만성이 되어버린 통증은
    손님처럼 찾아와 불청객처럼 머물렀다

    이미 오래전 몸의 일부가 되어버린
    만성 통증으로 또다시 불면의 밤이
    완성되려나 보다

                          – 「통증 두 알」 전문

    상처가 시인을 만든다. 누구나 살면서 한두 개의 상처를 안고 살
아가지만 생사의 기로에서 기적적으로 살아난 사람들의 가슴 속엔

용광로보다 뜨거운 불덩이들이 담겨 있다. 그리하여 누구보다 치열하게 삶을 견디는 능력이 있다. 김노을 시인의 세상을 향한 오지랖은 이런 생사의 기로에서 부활한 생명에 대한 연민으로부터 출발한다. 시집 곳곳에서 나타나는 화자의 이야기는 시인이 삶의 현장에서 경험한 사실의 진술을 바탕으로 전개되고 있다는 사실을 미루어 짐작할 수 있다.

그럼에도 불구하고 오늘은 좋은 날이 되어야 한다. 담쟁이 넝쿨은 여전히 발톱을 세우고 벽을 기어오르며 푸르게 푸르게 절망을 덮는다. 처음엔 혼자 오르기 시작했던 벽을, 해가 지나고 자신의 존재가 드러나기 시작하면서 차츰 손잡고 오를 담쟁이들이 생기기 시작한다. 일 년, 이 년, 삼 년, 십 년이 지나는 동안 수십 미터의 벽은 푸르게 희망으로 뒤덮인다. 통증을 견디는 날이 늘어가고 있지만 포기하지 않고 푸른 줄기를 뻗어가는 한 살아갈 이유는 생기는 것이다. 그리고 그 벽 너머엔 별빛 언덕도 맑은 강물도 쉬지 않고 흘러가고 있을 것이기 때문이다. 한 번도 가 보지 않은 사람들이 포기하는 이유는 그 너머에 무엇이 있는 지 확신이 없기 때문이다. 그러나 그 너머를 다녀온 사람들은, 아니, 그 너머에 대한 확신이 있는 사람들은 담쟁이 넝쿨의 희망을 포기하지 않는 것이다. 시를 쓰는 일도 그렇다. 입안에 가득 고인 피를 토해내며 꽃을 피우듯이 통증의 언어를 뱉어내며 영혼의 꽃을 피우는 것이다. 안타깝지만 고통이 깊을수록 시의 꽃은 화려하게 핀다. 자신의 길에 연연하지 않는 김노을 시인의 해탈의 언어가 세상을 촉촉하게 밝히는 등불이 되었으면 좋겠다.

바람의 까닭

펴낸날 2023년 8월 31일

지은이 김노을
펴낸이 주계수 ｜ **편집책임** 이슬기 ｜ **꾸민이** 최송아

펴낸곳 밥북 ｜ **출판등록** 제 2014-000085 호
주소 서울시 마포구 양화로7길 47 상훈빌딩 2층
전화 02-6925-0370 ｜ **팩스** 02-6925-0380
홈페이지 www.bobbook.co.kr ｜ **이메일** bobbook@hanmail.net

© 김노을, 2023.
ISBN 979-11-5858-944-8 (03810)

※ 이 책은 저작권법에 따라 보호받는 저작물이므로 무단전재와 복제를 금합니다.
※ 이 책은 국가문화예술지원사업으로 강원특별자치도, 강원문화재단 '예술첫걸음지원'사업
   후원으로 발간(제작)되었습니다.

후원기관

강원 강원문화
특별자치도 재단